KB071104

꽃은 피어서 말하고 잎은 지면서 말한다

고찬규

꽃은 피어서 말하고 잎은 지면서 말한다

**시인의 말**

내게 선택의 여지가 있다면
나는 기도하지 않을 것이다.

2023년 가을
고찬규

# 꽃은 피어서 말하고 잎은 지면서 말한다

## 차례

### 1부 꽃이 되고 혁명이 된 돌

## 2부 달빛 아래 날을 벼리다

## 3부 쓰다 만 시

## 4부 시마는 힘이 세다

## 해설

1부
꽃이 되고 혁명이 된 돌

# 허공은 힘이 세다

한 점,
점으로 박혀 있는 벌레에게
잎사귀는
완벽한 한 세상

한 점,
점은 구멍이 되어
점점
잎사귀는 벌레 속으로
점점
벌레는 잎사귀 속으로

속절없이 녹음 우거지는
한여름 한낮
벌레도 잎사귀도 간데없고
맴맴
허공만 맴맴

# 돌
—얼룩말


돌과 돌이 만나 탑이 되니
두 손 모으고 소원을 빈다
돌과 돌이 만나 비석이 되니
그 앞에 엎드려 절을 한다
돌과 돌이 만나 계단이 되고
돌과 돌이 만나 난간이 되고
돌과 돌이 만나 담벼락이 되고
돌과 돌로 안팎이 된다
돌만 돌이 아니었으니
돌이 돌만이 아니었으니
시시포스의 돌
다윗이 던진 돌
예수가 되고 부처가 되고
시가 되고 꽃이 되고 혁명이 된
돌,
돌과 돌 사이 바람
돌과 돌 사이 눈물
돌과 돌이 만나는 것도

돌고 도는 것
돌과 돌이 만나
불꽃을 튀길 때도 있다
돌과 돌이 만나거든
파편을 주의하라

# 경마장의 얼룩말

총성은
함성에 묻혔다
문이 열리고
말이 달린다
심장이
뛴다
말이 뛰고
말이 뛰자
심장은
더 빠르게
뛴다
앞만 보고
질주하는
말은
말을 만들며
말을 지우며
할 말 없게 만들며
말을 맞춘 자의 몫으로

환호를 먼저 배당하고
말은 사라진다
입 안에 맴도는
펄떡이며 살아 있는
의미심장

# 꼬리 잡힌 얼룩말

말이 말을 만나 말을
낳는다/나눈다/이어 간다/한다/
말하자면 그렇다는 말이
꼬리를 잡아
말꼬리가 여의도를 점령하고
야!한 말이 일간지를 도배하고
인터넷을 장식하고
아나운서의 입 속에 가득
고였다가 튀어나오고
오오오오오 해야
말이
해 본 말이
부풀어 둥실 떠올라
빵 터지고
말을 말자는 말이
뚝 부러져 말이 되어
절뚝이며 돌아오고
오오오

힝힝힝
말이
추락한 말이
웃는지 우는지

# 달려라 얼룩말

1
말이야?
이게 말이 되냐고 묻겠지
말도 마
말 많았던 말

2
말 위에 황금 안장을 얹은
그녀는 K대 정문을 당당하게 통과했고
기다렸다는 듯 그녀에겐
미스코리아 간판이
아나운서 간판이
줄줄이 달린다
탄탄대로를 달리던
그녀의 갑작스런 낙마를 예상한 이는 없었으나
누군가의 화를 부르고 있었던 것이다
하지만 끝이 아니다
친절한 종편 채널은

기억 저편의 활짝 웃는 그녀를 소환한다

3

밤하늘을 화려하게 수놓는 마술은 오래전 기획됐다
최루탄이 터질 때마다 한 층 한 층 올라가던 빌딩은
마침내 63층을 집어삼킨다
한때 도로를 점거했던 시위대는 이제
삼삼오오 한강 변에 모여
추억을 곱씹으며 불꽃놀이를 즐긴다
폭죽이 밤하늘을 수놓던 어느 날
청계산으로 끌려간 사내가 죽음을 맛보고
맛만 보고 살아 돌아왔고
그날 밤 있었던 일은 다 같이 쉬쉬하고 있다
그 와중에
마장마술로 메달을 딴 사내가 있다

4

말을 타면 됐다 명문 Y대를 가볍게 패스한 이모의 코

치를 따라 최초로 Y여대를 말 타고 들어갔다가 문제가
된 문제아가 있다 내부 조력자 몇몇이 담장을 낮춰 놓았
던 터라 어떤 말이라도 담장을 뛰어넘는 건 일이 아니었
겠으나 좀 더 확실한 카운터펀치를 날리고자 문제아는
보무당당 위풍당당 메달을 목에 걸고 명마를 타고 나타
났다 은밀히 진행되던 계획이 세상에 드러난 건 생각지
못한 전혀 다른 곳에서 경미한 사고가 났기 때문이다
딸랑이를 들고 환호와 박수를 보내며 좀 더 확실한 미
래를 보장받고 싶었던 이들은 머지않아 비난을 면치 못
하게 됐다 최고의 반도체 칩이 내장된 말의 행방에 대해
선 모두가 함구했다

5
말잔치 나라에선 자주
이게 나라냐? 묻는다
이게 말이 돼? 묻지만
말이면 다 되는 나라
말로 흥하다 낙마하는 기분?

말 마

능력이라는 이름으로

오추마 적토마 백마 흑마를 수시로 갈아타며

달리고 달린다

개돼지는 금세 잊는다는 믿음으로

얼룩덜룩 얼룩은 속도를 올릴수록 지워지리니

달리고 달리자 오늘도

채찍을 휘두르며

갈기를 휘날리며

# 마장마술

다들
말이면 다냐고 할 때
말이면 다라고 했다
누구도
말로는 다 못 한다고 할 때
말로는 뭘 못 해, 라고 했다
그들이
말을 타고 담장을 뛰어넘는
마술을 선보이자
다 같이
오리발을 내밀고 아수라장이 되었다
순식간에
진흙탕 싸움이 벌어지고
늪에 빠진 말은 허우적거리고

# 꽃은 피어서 말하고
—얼룩말

꽃은 피어서 말하고 잎은 지면서 말한다
나는
너무 많은 말을 해 왔다

# 토마토를 위한 변명
— 얼룩말

'위대한 모순어록'은 마크 트웨인의 '훌륭한 난센스를 쓰기 위해서는 엄청난 센스가 필요하다'와 같은 문장들로 이뤄져 있다 이런 책이 안 팔린다는 것도 상당한 모순이다 여튼 안 팔려 절판된 책을 그럼에도 불구하고 재계약하겠다고 서명한 날 이 또한 무슨 낭만인가 '김남주 평전'을 요즘 본 책이라며 건네는 시인이라니, 하여 '일 포스티노'가 극장에 걸릴 즈음이며 '아침 저녁으로 읽기 위하여' '사상의 거처'를 옆구리에 끼고 지내던 시절이 아득하다 '시와 혁명'은 젊은 날 꾸는 꿈 아니던가 하루하루 배에 기름 끼는 날들 석유 매장량 1위로 알려진 베네수엘라에서 당근에 이어 이번엔 토마토가 버려졌다 한 농부가 화물차에 넣을 기름을 구하지 못해 토마토를 운반할 수 없게 되자 수확한 토마토를 강에 쏟아부은 것이다 식량을 버려 강물을 오염시킨 농부는 현지법 위반으로 체포될 것이다 세상은 점점 법의 잣대를 함부로 들이대고 법으로 득세해 기고만장하는 인간들로 넘쳐난다 법이 윤활유가 되지 못하니 기름을 구하기는 더욱 힘들어질 것이고 법, 법, 법, 법, 법 없이도 기름 한

방울 없이도 토마토는 강바닥을 잘도 구르며 흔적도 없
이 썩어 갈 것이고 강물은 밤새 뒤척이며 돌아오지 못하
는 곳으로 흘러갈 것이다

# 장마
―얼룩말

이어지고 있다
밤은 새벽으로 새벽은 아침으로
4시 59분 59초는 5시로
재깍재깍 끊어질 듯 이어지는 기도문
밤새 수학 교사는 부러진 플라스틱 자로
빗금을 긋고 있었지만
계산이 서지 않는 문제로 출제는 끝이
없다 정오가 가까워질 때까지
황금성의 주방장은 토막잠을 자고
오늘 따라 면발이 딱딱하다
빗줄기는 잘라지지 않는다
계산대를 향해 고개 숙인 그녀
가르마를 따라 흘러내린 머리칼이
얼굴의 반을 가린다
가벼운 터치에도 드르륵
저항하는 법을 잊은 채 굴러가다 멎는
문짝 틈으로 갸웃
오늘 영업 안 해요?

안 봐도 비디오 지직 지직
수직으로 낙하하던 독수리도
평행으로 허공을 가르던 제비도
무엇이든 단칼에 베곤 하던 검객도
간데없다 황금성도 한때 장마도 한때
인생 뭐 있어 휴대폰 너머
친구야 그러니까 내 말은
중얼중얼 네 말은
거품이 많아 취하지 않아
테이블엔 들어차지 않는 손님
토막토막 순대처럼 끊어졌다
이어지다 끊어지다
노정치인에 고정되는 주파수
지루한 공방 낯설지도 날 서지도 않은 처분되지 않은
라디오 전파처럼 이어지는
장맛비

# 갈등
—얼룩말


칡나무와 등나무가 만나
말이 되었다
만남이 갈등으로
둘이 만나
하나로 기대서고
기대선 둘은 좌우로 갈라선다

좌파와 우파가 따로 있나
옳다거나 맞다의 반대는
틀리다가 아니고 다를 뿐이라고
말이면 다 말이 아니라고
쓰면 뱉고 달면 삼키던 심사가 꼬여
그늘을 마다하고 하나 둘
태양이 작열하는
아스팔트 위의 대오에 합류한다

오른쪽이 바른쪽이라 배웠는데
세상이 꼭 그런 것만은 아니라는 걸

알았다 머리띠를 두르고
누가 가르쳐 주지 않아도
생즉사 사즉생을 외치는 무리가
아스팔트 위에 드러누웠다

# 동물농장
―얼룩말

말이야 바른말인데
바른말이 문제 되지
압수수색 견찰
신상털이 검새
꼬인다 꼬인다
날아드는 기레기
사방에서 기어드는 기더기
마침내 동물농장에 출연한 멧돼지*
주인공이 된 멧돼지는
시대를 거슬러 달려간다
줄 세우던 시절을 향해
질서정연하게 부활하는
웃픈 멤버를 유지하며
악어**는 하품이나 하고
공작**은 좀 더 화려하게 치장을 하고
두더지***는 햇볕을 피해 땅굴을 잘도 판다
멧돼지에 줄 그으면 수박돼지
동물농장에는

응당

동물이나 짐승 출연이 마땅하나

우리들의 시대는 이미 우화가 되었다

당신들의 천국 동물의 왕국

* 다수의 네티즌과 적잖은 국민들의 표현.

** 백재권 관상가.

*** 장윤선 기자.

2부

달빛 아래 날을 벼리다

# 앵무새
―얼룩말


앵무새에게
네 말을 하라고 했다
앵무새가
내 말을 하라고 했다

나는 말을 잇지 못했다

# 빙벽
―알래스카에서


어떤 선택을 할 것인가
삶은 우연의 연속이라지만
어쩌다 거대한 빙벽을 마주하고 섰는가
그리하여,


인디언의 말로 어떤 말을 하고 싶은가
인연처럼 이어지는 툰드라의 거대한 서사
감탄사가 가로지르는 것은
원시의 원시 시원의 시원


곰들의 마을 연어들의 고향 다람쥐들의 천국
나는 어디로도 가지 못하던 나를 만나 침묵의 노래를
듣는다
흘러내리며 스스로를 껴안으며
더 단단하게 굳어 가는 촛농 같은 빙하를 보며


백야의 한밤중 한 밤
밤이 오지 않는 밤에

날이 새지 않는 밤새
불을 피우고 춤을 춘다

삶은 우연의 연속인가 선택인가
사위지 않는 불길 앞에서
흘러내리며 껴안으며
굳게 서 있는 빙벽

# 미투 유투 우분투
—얼룩말 2018

　미투, 미투 운동 적잖은 분들의 분투 분투가 있는 힘을 다하여 싸우거나 노력함이라는 명료한 뜻을 가지고 있는 반면 미투, 미투 운동(Me Too movement, #MeToo)은 미국에서 시작돼 여전히 진행 중이다 2017년 10월 하비 와인스타인의 성폭력 및 성희롱 행위를 폭로하고 비난하기 위해 소셜 미디어에서 인기를 끌게 된 해시태그(#MeToo)를 다는 행동에서 출발했다고 하는데 대한민국에선 2018년 검찰 내의 성폭력 실상 고발로부터 시작돼 18층에서 일주일 간격으로 뛰어내린 자매의 사연까지 더해져 각계각층으로 들불처럼 번져 갔으니 당시 문재인 대통령도 이미 미투 운동을 무겁게 받아들인다며 적극 지지한다는 의사를 밝혔다 쉽게 정의할 수 없는 미투 운동은 2018년 정의사회 구현의 선봉에서

　은유와 상징으로서가 아닌
　밥을 먹다 말고
　차를 마시다 말고
　시를 쓰다 말고

은유와 상징을 꼭꼭 씹어 삼킨다

먹고 마시고 쓰다 말고
목울대가 뜨거울 때가 있다
랭보도 소월도 그러했을까만

먹고 마시며 드는 단순하거나
혹은 복잡미묘한 단상이 시상이 되어
몇 줄 끄적이게 되는 건

시를 쓰기 위해서
먹고 마시는 건 아니지만

살자면 먹고 마셔야 되는 진리 앞에
못지않게 중요한
쓴다는 것은

사는 게

부끄럽긴 매한가지일지라도
그렇더라도

미투 운동이 확산되면서 새삼 아일랜드 출신 록 그룹 유투U2와 더불어 우분투Ubuntu란 말과 뜻도 함께 연상 돼 With or Without You와 One 그리고 (Pride) In the Name of Love와 같은 곡을 다시금 찾아 들으며 넬슨 만델라의 생애에 대해서도 생각하는 날들이다

# 미얀마의 아침

미얀마의 아침은
얼마나 환할 것인가

적당한 인사말이 없어
상대를 보면 미소 짓는다*는
미얀마의 아침


* 최영순 작가의 『행복 콘서트』(해토, 2008)에 나오는 가장 인상
적인 아침 인사에 관한 것인데 이 미얀마에 쿠데타가 일어나고 아우
슈비츠 이후에도 시가 쓰여진다는 걸, 역사는 반복된다는 걸 아침
신문에서 확인한다. 오늘은 신이 보내 준 가장 축복의 날이라는 글
과 함께 2021년 미얀마의 오월의 거리엔 뛰쳐나온 시민들의 시신이
뒤엉켜 있다고, 사인을 알 수 없는 미얀마 시인 케 띠의 시구가 아침
인사를 건넨다. 탕! 탕! 탕! 탕! "군부는 우리의 머리에 총을 쏘지만
우리의 저항 정신은 심장에 있기 때문에 영원히 살아 있을 것."

# 바람

바람이 멎고 초록이 숨죽인다
수박을 가득 싣고
리어카를 끌고 가는 사내
이마에 맺혔던 검은 땀방울이 흐른다
골이 파이며 얼굴이 반으로 잘린다
커브길을 돌며 수박 한 덩어리 굴러떨어진다
이빨을 드러내며 사내의 웃음이 털린다
여름은 초록이 감싼 빨강
벌어진다 쪼개진다 깨진다
우뚝 선 동상을 우러르던 소년은
빛바랜 책을 읽으며 물들어 갔다
단풍 들지 않은
낙엽이 무리 지어 몰려다니다 흩어지고
바람이 습관처럼 불어온다
어디로 갈 것인가
그 여름의 끝
혁명을 꿈꾸며 계절만 바뀌었다

# 칼

창가 서랍장 속
이 빠진 칼을 보네

달빛 아래
날을 벼리던 사내를 떠올리네

한때,
잘 드는 칼
아니었던 칼 있던가

벤 만큼 무뎌진
서랍장 속
이 빠진 칼

누구도 버리지 않은
더는 벼리지 않는

# 말들의 거리
—얼룩말


꼭,
필요한 거리
가까울수록
최소한의 거리
거리엔 거리를 둔
풍경,
사이사이를 가득 메운 채
달리는 말들
심장을 향하는 말
촉이 좋은 말
무딘 말
고개 숙인 말
말,
말,
말,
나는 말이야
라고 했을 때
나는 말이 되는 걸까

내가 말이 되는 걸까
과거가
생각이
비로소 말이 되고
말도 아니게 되다 말고
말이

# 백로

밤새,
초승달과 풀잎은
날을 겨누고 있었다

서늘한
풀벌레 울음 속에
한바탕
초승달이 쓸고 지나간
새벽 풀밭
쪼그리고
다초점 렌즈 안경도 벗고
가까이 더 가까이
고개 숙여 다가가는 내게
흰 풀잎
이슬 털며 날을 세운다

아무도 베이지 않았다

# 상강

　기업은행 뒤편에는 담장이 있고 그 아래론 작은 화단
이 있다 매년 봄과 여름을 지나며 개나리 명자 라일락
모란 장미 수국이 꽃을 피운다 은행 건물과 담장으로
하여 햇빛은 정오에나 잠깐 비치는 곳이었지만 나무들
은 제자리를 지키며 때맞춰 제 몫의 꽃을 보여 준다 가
을이면 어떤 잎은 물들고 물든 잎은 서둘러 지기도 하
는 것인데, 어느 날 나팔꽃 덩굴이 가시도 아랑곳없이
장미를 감고 오르더니 꽃을 피운다 철 지난 장미도 나
팔꽃 덩굴 따라 키를 늘리며 담벼락 위로 몇 송이 꽃을
피우는 것이었다 장미 사이에 핀 나팔꽃인지 나팔꽃
사이에 핀 장미꽃인지 누가 누구에게 매달린 것인지 의
지하고 있는 것인지 둘은 어떤 사이인지를 생각하며 담
장 너머 수척해진 해바라기도 갸웃하는 가을도 끝 무렵
날은 곶감 말리기 좋다는 상강이었다

# 시베리아 횡단열차

나는 나대로 가고
너는 너대로 서 있다
붙잡은 손목도
시간을 붙들어 주진 못했다
빠른가 느린가, 시간은
누구에게나 같은 속도일 수 없다
오리나무가 나름의 거리를
가늠해 준다 가문비나무는 젖어
있다 자작나무는 홀로
서 있지 않았으며
빽빽한 나무들 사이를
바람과 함께 서성인다
바람구멍이 숨구멍이었던가
저마다 제자리에 서 있음으로
숲을 이루는
우연은 선택이 아니다
빠르거나 느리거나
선택은 하나

간다

시베리아 횡단열차

# 시월

시월이
가는
단풍나무 숲

하늘
하늘
틈새 잎잎

잎잎 틈새
금세
눈이 오갈 듯

하여,
사람 사는 동네마다
여운
「시인학교」와 「북 치는 소년」과 「내가 죽던 날」의
김종삼과 어떤,

# 3부
쓰다 만 시

# 꽃자리

꽃 진 자리
설령
그 자리가 아니더라도
꽃은 다시 피어난다

# 나비

대팻날이 지나갈 때마다
동그랗게 대팻밥이 말려 나온다
한 생으로 태어나고
한 생이 지나가고
한 생은 완성된다
순간순간
벌레는 나무를 기어오른다
느릿느릿
계절은 돌고 돌아
부지런히
안으로 삭이는 것들을 잉태했다
결 고운 것들은
견디어 온 것이다

몇 날 며칠이 가는 줄도 모르고
기어 기어 도달한 곳
숨죽이고 웅크린 채
여러 날을 보내고 나서야

빛깔 고운 날개를 얻었다
반짝이는 것들로 빛나는 아침
한 생이 완성되고
한 생은 지나가고
한 생으로 태어난다
대팻날이 지나갈 때마다
동그랗게 대팻밥이 말려 나온다
단단함이 부지런한 손길을 거치며
또 한 생이 된다
팔랑거리며 날아오른다

# 소쇄원에서 1

소쇄원에 촘촘히 햇살이 찾아들었다
손차양을 만들어 제월당 옆
대숲을 바라보다가
손가락 마디 사이 반짝이는 반지를 본다
마디가 거두고 있었구나
주름의 다른 이름
늘이거나 늘어나는 공간
버젓이 밖에 숨긴
구분은 어떻게 짓는 것인가
마디마다 주름진
너와 내가 한 뿌리
같고도 다른
다르고도 같은 것이라고
여기서 쉬어 간다고
여기서 단단해지려고
주먹을 쥐게 하려고
마디마다 저마다
넘기는 책의 페이지 같은 것

대나무를 보다가 손바닥을 펼쳐 보며
마디 마디
대숲 바람이 부르는 노래를 들으며
마디 사이 천길만길
한마디 말을 생각하며

# 제비꽃 편지

기껏 꽃샘추위에
벌벌 떠느냐며
부지런한 벌들이 일침을 가한다

# 소쇄원에서 2
—얼룩말


외마디라는 말이 있건만
마디 없이 마디는 없다
마디는
마디라는 매듭을 짓고
마디와 마디 사이의
사이라는 말로
마디는
단단해지고 있다
외마디 말
마디 사이에 사이가
사이 사이에 마디가
말이 아닌 말
외마디는 혼자 단단해지고 있다

# 쓰다 만 시
—얼룩말

벼랑과 절벽과 낭떠러지 혹은
국민과 시민과 백성과 대중, 민중, 민초
그 구분만으로도 한나절 한 철 한 세월이
갈 수도 있겠으나
구분을 위한 경계를 지우는 것들은
얼마나 힘 있고 포악한 것들인지
구름은 떠다니며 보았다
순수함과 자연스러움의 발로
바람에 맡긴 생애는
때가 되면 스스로 내려올 때를 안다
쓰다 만 시 완성되지 못한 문장
완벽한 생이란 없다 자신 있게 말하는
한 사내는 완벽주의자였으나 스스로
완벽했다고 믿을 뿐
책상머리에서
가격은 정해지지만
안심하라 흥정하는 세상
귀할수록 값나가는 세상

세상에는 너 하나뿐이라는 생각
쓸 만한 이야깃거리를 찾아 헤매다
쓸 만한 사람이 돼 가는
세상은 살 만한 것이라고 쓴
아직 완성되지 못한 문장
쓰다 만
다시 쓰다 만
시,
또다시

# 불꽃 소식

인제 내린천 폭우 소식이 지나가고
백담계곡을 이어 주던
철제 다리 한 귀퉁이가 망가졌다
햇볕 빤한 틈을 타
용달차에서 내린 용접공은 한낮의 검투사 같다
정오까진 작업을 마치고
끼니를 거르더라도
다음 작업장으로 이동을 해야 한다
부지런한 계절이 왔다 가는
알래스카 페어뱅크스로부터 사진 한 장이
날아들었다 바람의 언어에 실려
가문비나무 위로 쏠려 가는 구름
여름의 마지막 며칠을 보내고 있으며
곧 비가 올 것 같다고
짧은 가을이 온 뒤
겨울로 진입할 것이라고
구름을 수집하러 다니던 친구는
소식이 없다 같은 하늘 아래

서울로부터
셔터의 순간이 아닌
두텁게 칠한 구름 같은
그림 같은 사진이 날아들고
정오의 희망곡에 맞춰
용접공의 손끝에서 시작된 불꽃이 천지사방으로
튄다

# 돌려 막기
—얼룩말

　말로는 뭘 못 해? 얘기 끝에 웅이 황금 보기를 돌같이
하라는 말이 있는데 이 시대에 그건 아닌 거 같다고 하
자 웅웅은 이를 말이냐며 덧붙이길 내가 수석을 좀 아
는데 돌도 잘만 하면 큰돈이 된다며 입에 거품을 물었다
가만히 듣고 있던 웅웅웅은 황금이고 돌이고 나발이고
간에 톡 까놓고 돈이 최고라고 눈에 쌍심지를 켰다 웅웅
웅웅이 끄덕이며 머니 머니 해도 머니라고 하잖아 눈앞
의 현찰이었으면 최영 장군도 생각이 달라졌을 거라고
맞장구를 쳤다 웅웅웅웅웅은 침묵하고 있었지만 속으
로 작은 돌이라도 하나 아니 적당한 크기의 돌이 많을
수록 좋겠다고 생각했다 돌아 버릴 것만 같다 퍼뜩 돌로
라도 막고 싶은 게 생긴 것이다 처음엔 한 개의 입과 두
개의 귀를 막고자 했으나 이왕 막는 거 돈이고 돌이고
막을 수만 있다면 그게 그거라는 생각이 들었다 다들
돌려 막기에 이골이 난 터 말만 돌고 돌고

# 잔치국수
—얼룩말

국수를 먹는 게
흔한 일은
그렇다고
귀한 일은 더더욱 아니지

잔칫날이 매일일 순 없는 노릇
먹을 때만큼만은
잔칫날 같은 기분으로

국수라도 배불리 먹으며
기분 한번 내는
잔치국수

누가 누가 말아먹었나
새빨간
양평 잔치국수

# 길 위의 집

길 끝나는 곳에

집,

집 앞에 선 한 그루 동백

피었다 속절없이 지는

꽃,

돌멩이 하나 붉게 물들이고

저녁연기 피어올라

밤하늘 눈뜨는

별,

길 끝에 깃드는

심연의 곡조

# 설

막연한 희망과
보다 구체적인
씻을 수 없는 치욕의 하루와
덧없는 하루하루
먹고살다 보니 한 해가 가고
설이다
쇠고기가 들어간 떡국
김이
모락모락
나는
흰쌀밥에 고깃국보다 더한 음식은 세상에 없다던 아
버지 말씀
당신의
눈에 밟힌다는 말씀
뽀드득 뽀드득
당신의 발자취를 좇아가며
떡국을 먹고
한 살을 더한들 철없기는 매한가지일지라도

설거지를 하며
고개 숙여 빈 그릇을 닦으며
한 끼에 한 끼를
하루에 하루를 더하는 것이다

# 4부
## 시마는 힘이 세다

# 해바라기

눈멀고
귀먹고
얼굴 가득 잉태한
빼곡한 그리움

# 한 소식 1
—얼룩말

폭포 앞에 서서
소리를 이기겠다고 소리 하고
공동묘지 앞에 엎드려
공포를 이기겠다고
공포를 부르는 이는
그 얼마나 뜨거운가
설악을 오르는 이는
하늘을 우러르기도 하고
우뚝 선 고목나무에
눈길을 보내기도 하는 것인데
나무는 나뭇가지를 기르며
새들이 내려앉을 각도를 생각하고
나뭇잎은 보란 듯이
햇살을 안는 것이다
소식은 먼 곳에서 오는 것인가
비탈에도 길이 있고
나무는 중심을 잃는 법이 없다
안기지 않아도 품어 주는 산

오르다 오르다 말고 쪼그려 앉아
먼 곳만 바라보던 눈길이
이끼 낀 바위틈에 머문다
그림자도 쪼그리고 앉아
생각을 기르고 있다

# 한 소식 2
—꽃말

별 좋은 날이었고
언제 적 사월초파일이었던가
생전 무소유 법정 스님께서 법문 끝에
나머진 꽃에게서 들어라 하시니
이 봄날 어떤 꽃이 무슨 말을 하나
꽃 찾아 사방을 둘러보니
일찍이 피고 진 매화는 백마 타고 오는 초인*을 부르고
가을산 후미진 곳**에 피었던 용담꽃은
당신이 슬플 때 나는 사랑한다고
저마다 사연으로 살아가고
살아가는 방식은 다 다르다고
세상에 당연한 건 없다고
봄이니 꽃이 피는
이 당연함을 당연하게 받아들이지 말라고
꽃은 그렇게 말하며 수줍게
고개 떨궜던가 환하게 웃었던가
누군가 피어날 때 누군가는 져 내리고
돌아보면 꽃은 무슨 말을 했던가

* 이육사.

** 복효근.

# 베리메리크리스마스

—나는 소년이고 너는 피노키오 말괄량이 삐삐 세르반테스 마
크 트웨인 윤동주 어니스트 헤밍웨이 존 레논 존 바에즈 밥 딜런


바다에 닿기까지는 강물입니다

바람이 더 큰 바람을 만나 파도가 됩니다

눈물로 밝힌 촛불 하나

촛농은 흘러 초를 떠받치고

바람이 모여

바람이 되어

바람을 일으킵니다

거리가 이렇게 환합니다

종소리 가득합니다

## 재배치

내가 앉았던 자리 돌아보니
혼자 밥 먹는 사내가 있어
누군가는 천 번의 붓질로도
완성하지 못할 그림을 그리기 시작했고
누군가는 셔터를 눌렀다
순간 환한 빛이 눈앞에
펼쳐졌다
사라지고
함부로 그의 생에 대해
누구도 말하지 않았다

자연스럽게 완성된 스토리
사람과 사람 사이에 사연이
끼어들었다 시작과 끝 사이에
배경이 되는 사람이 있고 눈앞에
뒷모습의 사내가 돌아앉을 때
강조된 것이 무엇이었든
배경이 더 아름다울 때도 있다

# 먹을 갈다

천둥 번개 요란하게 다그쳐도
바위처럼 앉아 먹을 간다
좀벌레처럼 갉아먹는 세월
갈고 갈다 보면
벼루 속에 무지개 뜨는 날 오는가
마음 한 귀퉁이 새겨진 것들
벼리고 벼리다 마침내 무디어지고
먹물 적신 붓도 놀리다 보면
반짝이는 것 박아 넣을 수 있을까
언제쯤 화선지에 스며들 듯
샛강 하나 낼 수 있을까
언제까지고 흘러
어디든 다다를 수 있는 걸까

# 11월
—아버님 전 상서


　　뒷모습을 바라보는 뒷모습은 얼마나 쓸쓸한 것인가
서둘러 노을이 지는 늦가을 예배당이 있는 골목에 들어
서서 말을 잃은 사내의 뒤를 밟은 몇 잎의 낙엽 아직 생
을 다하지 않았다고 끈질기게 따라붙는다

# 봄날은 간다

그 여름이 갈 거라 짐작이나 했겠습니까
사소한 몇 가지 일로
바람은 불고
눈이 오고
그리하여
봄이 오면

# 시월의 하루


시를 건네는 시인*이라니
생일이라고

잊고 지내서
스스로 고맙고 미안하다고
자신에게
시를 건네는 시인이라니

그리하여 나는
'생일 생각' 시인의
'빨간 우체통'과 '기념식수'도 떠올리며

세상에 이런
삶은 행주 같은
시인 같은 시인을 떠올리며

미역국이 아니더라도
시월의 하루는

따뜻해지는 것이다

*이문재.

# 시마는 힘이 세다
—얼룩말 서시

한 편의 시로
끝날 수도 있었겠으나

하필
제비가 날아들었고
날씨가 좋았고
꽃을 예감했으니

기다리며 기다리며
시는 오는가 오시는가
읊조리는데

한편,

한 편 한 편이
묶여
시집이 되고

새삼 세상 시인은

글감옥에 갇혀

시마에 사로잡혀

# 침묵이 들려주는 말

장은영(문학평론가)

1.

고찬규의 시는 소리 없는 소리에 귀를 기울여 왔다.
"어둠이 찾아오면, 소리없이//밀물에 잠기는 종소리"
(「만종」, 『숲을 떠메고 간 새들의 푸른 어깨』, 문학동네,
2004)처럼 인식과 감각이 닿을 수 없는 곳이 그의 감각
이 머무는 장소였다. 첫 시집에서부터 등단 이후 25년
만에 펴내는 세 번째 시집에 이르기까지 그의 시는 말
의 안과 밖을 탐색하며 소리 없는 소리 혹은 침묵처럼
의미로 환원되지 않는 말의 가능성을 좇아왔다. 말의
가능성은 아직 말해지지도, 말할 수도 없는 영역이지만
분명한 건 그가 상징적 질서로 편입되지 않는 의미의 바
깥을 시와 노래의 출처라고 믿어 왔다는 점이다. 예컨대
그는 젊은 날 자신이 끝내 도달하지 못했던 사랑과 혁명
의 흔적을 맴돌며, 몇 마디 말로는 환원할 수 없는 그것
을 "사랑 안의 조그만 것들"(「소인 없는 편지−노래를 마치
며」, 『숲을 떠메고 간 새들의 푸른 어깨』)이라 노래한 바
있다. 언어의 명명을 거부하는 "사랑 안의 조그만 것들"
은, 존재하지만 이해할 수도 설명할 수도 없는 의미의 공

백에 다름 아니며 아직 실현되지 않은 가능성이자 일어나지 않은 사건일 뿐이다. 그럼에도 의미의 공백으로 인해 사랑과 혁명은 미완의 사건으로 남는다. 그리고 바로 그 이유 때문에 시인은 완성되지 않은 사랑과 혁명을 위해 노래를 불러야 하는 역설적 운명에 놓이게 된다. 아마도 '소인消印 없는 편지'라는 제목을 빌려 시인이 전하고자 했던 바는 시란 누구에게도 도착하지 못하는 서신이자 끝낼 수 없는 노래로 남아 있는 가능성의 영역이며, 말하지 않음으로써 무한한 가능성을 말할 수 있는 역설의 장르라는 사실일 것이다.

역설은 이해의 영역이기보다 감각적 경험의 영역이다. 이 역설에 동참하기 위해서는 시인의 노래 그 자체보다는 노래를 부르는 행위에 방점을 찍어야 한다. 끝나지 않는 노래를 다시 부르겠다는 시인의 진술을 거듭 곱씹어 보면 노래를 부르는 행위가 시와 혁명에 관한 역설적 믿음에서 비롯한 문장임을 알게 될 것이다. 시란 완성되지 않는 텍스트이므로 '다시' 쓰여야 하고, 아직 말해지지 않은 새로운 말로 쓰여야 한다고 그는 말한다. 불가능한 것을 요구하는 혁명이 언제나 도래할 사건으로 남아 있듯이 시 역시 "아직 완성되지 못한" 텍스트로 남은 채 새로운 말들을 기다린다. 완성되지 않은 시의 아름다움에 대해서는 말할 수 없지만 "쓰다 만/다시 쓰다 만/

시"(「쓰다 만 시-얼룩말」)는 한 시인이 끝나지 않는 노래를 부르고 있다는 사실과 그가 노래를 부르는 한 우리에게는 새로운 말로 쓰이게 될 시와 혁명의 가능성이 남아 있다는 사실을 기억하게 한다.

침묵에 귀를 기울이며 말의 가능성을 탐색하는 이번 시집도 끝나지 않는 노래의 산물이다. 이 시집에서 좀 더 강조된 바는 새로운 말의 가능성을 차단하고 노래를 중단하게 만드는 말의 위기에 대한 비판적 상상력이다. 특히 말에 대한 성찰과 사유를 바탕으로 한 '얼룩말 연작'은 말로써 진실을 조롱하고 시민을 길들이는 지배층에 대한 분노와 함께 진실이 훼손된 공동체의 위기를 담고 있는데, 시인은 공동체가 봉착한 말의 위기가 자신의 위기요, 시의 난관이라는 인식을 바탕으로 현실 참여적 태도를 견지하고 있다. 공동체의 위기를 방관하지 않겠다는 의지를 표명하는 시인은 공동체를 떠도는 말을 의심의 대상으로 삼고, 진실을 가려내기 위해 수많은 말과 싸워야 하는 공동체의 처지가 피할 수 없는 현실임을 선언한다.

말의 훼손과 공동체의 위기에 대한 시적 형상화는 비판과 풍자의 언어를 주조로 삼고 있다. 시인은 "바른말"의 자유를 감금하고 권력자만이 자유를 누리는 부조리한 현실을 "동물농장"이라 비유하며 "우리들의 시대는 이미 우화가 되었다"(「동물농장―얼룩말」)라고 자조 섞인 분노를 드러낸다. 그러나 날 선 언어로 채워진 페이지 몇 장을 넘기면 다음 페이지에서는 꽃이 하는 말에 귀를 기울이며 새로운 언어의 가능성을 기다리는(「한 소식 2―꽃말」) 온순한 서정이 환기된다. "팔랑거리며 날아오"를 듯 "결 고운"(「나비」) 서정의 언어가 태연하게 등장하여 격앙된 마음을 다독이는 것이다. 한 시집 안에 공존하는 서로 다른 질감의 시어는 서정의 낙차를 만들어내며 시집에 긴장감을 불어넣는 효과를 낳는다. 하지만 그런 대비의 효과보다 중요한 건 서정의 낙차가 존재할 수밖에 없는 이유이다. 짐작건대 고찬규가 말에 대한 비판적 성찰을 시도하는 궁극적 목적은 타락한 말, 죽은 말에 대한 심판이 아니라 새로운 언어를 꿈꿀 수 있는 말의 회복에 있는 것이 아닐까? 새로운 말의 가능성이 그의 시가 궁극적으로 바라는 바라면 날 선 풍자와 안온한 서정을 동시에 껴안음으로써 현실에 종속된 말을 넘어서려는 시인의 의도에 수긍할 수 있을 듯도 하다. "추락한 말"(「꼬리 잡힌 얼룩말」)로 뒤덮인 "씻을 수 없는 치욕의 하루와/덧없는 하루하루"(「설」)를 보내야 하는 현실은 우리를 날카롭게 각성시키지만 그런 현실일수록 "벼루 속에 무지개 뜨는 날"(「먹을 갈다」)에 대한 기대와 희망도 간절해지기 마련이다. 거짓이 커질수록 진실에 대한 바람은 간절해지고, 절망이 깊을수록 흐릿한 희망은 선명해진다. 말의 위기가 확실할수록 새로운 언어의 가능성도 분명해지는 건 이해의 영역을 벗어난 시의 역설적 진실이다.

## 2.

두 번째 시집에 네 편의 '얼룩말 연작'을 수록했던 시인은 글자와 여백의 경계를 무너뜨리며 의미의 발생에 관한 시적 사유를 보여 준 바 있다. 이때 등장한 '얼룩말'은 말[言]의 물질성과 운동성을 가시화하는 시적 형상물로서 시인이 말(언어)에 대한 사유를 본격화하고 있음을 엿보게 했다. "달리는 말은 경계가 없다"(「얼룩말 1」, 『핑퐁핑퐁』, 파란, 2016)라는 진술이 일러 주듯 고찬규에게 말은 의미의 불확실성과 모호성을 동반하는 행위로 인식된다. 얼룩말의 몸에 새겨진 경계가 아무리 선명해 보여도 얼룩말이 달릴 때에는 경계가 식별되지 않는 것처럼 행위로서의 말은 고정된 하나의 의미에 종속되지 않는다. 시인은 의미의 모호성을 '얼룩'에 비유하여 "얼룩은 경계에서 생겨난/아슬아슬한 말"(「얼룩말 1」, 『핑퐁핑퐁』)이며 "아슬아슬한 말"에 이르러서야 비로소 "말문이 틔었다"(「얼룩말 3」, 『핑퐁핑퐁』)고 진술하기도 하는데, 의미의 경계를 넘어서는 순간 말문이 트인다는 건 말을 통제하는 상징적 질서를 벗어나 스스로 의미를 창조하는 말의 가능성을 시사한다. '얼룩말 연작'으로 미루어 볼 때, 행위로서의 말은 힘껏 달려 제 몸에 새겨진 경계를 지우는 얼룩말처럼 살아 움직이는 존재이다. 하나의 고정된 의미를 담은 기호가 아니라 복수적 의미를 담은 말, 또 다른 의미를 생성하는 창조적 말이야말로 고찬규의 시가 기다리는 살아 있는 말이다.

이 시집에 수록된 '얼룩말 연작'은 이와 같은 기존의 사유를 공유하는 데서 출발하지만 말에 대한 사유에 머물지 않고 말의 역량과 그것이 공동체에 끼치는 영향을 구체화함으로써 현실에 개입하는 적극적 태도를 취한다. 공동체 내에서 작동하는 말의 수행성과 효과를 추적하는 시인은 간결하고 단호한 어조로 말이 지닌 힘에 대해 이야기하며 말의 실제적 힘만이 아니라 말이 지닌 잠재력과 가능성을 간과하지 말라는 메시지를 전한다.

돌과 돌이 만나 담벼락이 되고
돌과 돌로 안팎이 된다
돌만 돌이 아니었으니
돌이 돌만이 아니었으니
시시포스의 돌

다윗이 던진 돌
예수가 되고 부처가 되고
시가 되고 꽃이 되고 혁명이 된
돌,
돌과 돌 사이 바람
돌과 돌 사이 눈물
돌과 돌이 만나는 것도
돌고 도는 것
돌과 돌이 만나
불꽃을 튀길 때도 있다
돌과 돌이 만나거든
파편을 주의하라

—「돌—얼룩말」 부분

　　작은 돌이 지닌 규정되지 않은 힘과 가능성을 보여
주는 이 시에서 '돌'은 '말'의 힘을 가시화하기 위한 메타
포이다. "돌과 돌이 만나"면 "탑"도 되고, "비석"도 되고
심지어 이쪽과 저쪽을 구분하는 "담벼락"이 되어 경계
를 만들 듯이 '말'과 '말'이 만나면 새로운 존재를 만들어
내기도 하고 사라지게도 만들며 존재들을 합치거나 구
분 짓기도 한다. 말은 공동체를 만들고 그것을 지속하게
도 하지만 공동체를 위기에 몰아넣기도 하는 것이다. 그

러므로 말을 하는 존재들은 말로부터 자유롭기 어렵다. 공동체 안에서 매 순간 '말'의 힘을 경험하며 '말'의 힘에 기대어 살아가는 우리를 말의 공동체라 불러도 과언은 아니다. 말의 공동체가 위험에 처해 있다는 시인의 감각은 이 시집 전반을 이끌어 가고, 말을 훼손하는 자들에 대한 풍자의 날 끝은 비판의 대상을 에두르지 않는다. 시인에게 포착된 권력자들의 말은 다양한 목소리를 몰수하기 위해 차이를 지우고, 혐오의 수사를 덧씌워 반대의 목소리를 공공의 적으로 만드는 데 능하다. 기득권을 영구화하기 위해 변화를 위한 시도가 역효과를 낳는다고 우려하고, 개혁을 위한 움직임은 무용하다 조롱하며, 공동체를 위한 분배는 우리 모두를 위태롭게 할 것이라 경고한다.[1] 시와 혁명의 노래를 검열하고 금지시켜 온 역사가 증명하듯이 그들은 자신들의 안녕을 위해서 공동체의 변화를 붕괴의 징조라고 선전하며 새로운 말의 출현을 가로막는다. 말의 힘은 양날의 칼과 같아서 말의 공동체를 정의롭고 평등한 곳으로 만들 수도 있지만 억압과 불평등을 용인하며 권력 앞에 무릎 꿇게 만들기도 한다. 고찬규가 때로는 말을 멈추고 자신의 말을 의심하는 이유도 이 때문이다. '얼룩말', '앵무새' 등의 시어가 시사하듯이 그는 말에 대한 사유와 자기성찰을 수행하는 한편 "구분을 위한 경계를 지우는 것들은/얼마나 힘 있

---

1    앨버트 O. 허시먼은 『보수는 어떻게 지배하는가』(이근영 옮김, 웅진지식하우스, 2010)에서 보수주의자들의 담론이 세 가지 논리의 규범에 종속되어 있다고 분석했다. 첫째, 오히려 정반대의 결과를 낳는다는 역효과 명제 둘째, 그래 봐야 기존의 체제가 바뀌지 않을 것이라는 무용 명제 셋째, 그렇게 하면 우리의 자유와 민주주의가 위태로워질 것이라는 위험 명제가 허시먼이 말하는 단순하고 완벽한 보수주의의 논리이다.

고 포악한 것들인지"(「쓰다 만 시—얼룩말」) 지켜보는 목
격자가 되기를 자처한다.

트럭에 넣을 기름이 없어 수확한 토마토를 운반하지
못하게 되자 토마토를 강에 쏟아부은 베네수엘라의 한
농부가 강물을 오염시킨 죄로 체포될지도 모른다는 웃
지 못할 이야기. 이 기막힌 사정은 시인과 우리가 처한
현실이기도 하다. 국가 권력의 무능이 초래한 절망을 말
하는 것조차 불법이 된 이곳에서는 "법의 잣대를 함부
로 들이대고 법으로 득세"(「토마토를 위한 변명—얼룩말」)
하는 권력자의 말이 법적 정의로 위장되고, "이게 말이
돼?"(「달려라 얼룩말」)라고 하는 반문은 "멧돼지에 줄"을
긋고 "수박돼지"(「동물농장—얼룩말」)라 우기는 웃지 못
할 억지 앞에서 참담한 심경으로 바뀐다.

그럼에도 불구하고 시인은 "입 안에 맴도는/펄떡이
며 살아 있는/의미심장"(「경마장의 얼룩말」)한 말의 도래
를 의심하지 않는다. 경마장에서 질주하는 말[馬]이 군
중을 사로잡아 환호하거나 절망하게 하듯이 군중을 현
혹시켜 권력에 굴복시키는 말이 판을 치는 이 순간에
도 경마장 밖에는 차별과 억압으로부터 해방되기를 꿈
꾸는 말이 웅성거리며 경마장을 무너뜨리기 위해 몰려
오고 있다고 믿는다. 권력의 도구가 된 말에 대한 심판
은 이러한 믿음에서 가능한 것이다. "말꼬리가" "점령"

하는 "여의도" 정치인들의 말로 도배되는 언론을 겨냥하는 시인은 "말이 말을 만나 말"이 "부러"지고 "절뚝이며" "추락"(「꼬리 잡힌 얼룩말」)하는 파국을 지켜보면서 자신의 부정과 부패와 잘못은 덮고 자신의 권력을 스스로 옹호하기 위한 말로 풍성한 "말잔치 나라"(「달려라 얼룩말」)에 대한 풍자를 멈추지 않는다. 말 같지 않은 말들, 위선과 혐오, 조롱을 비롯하여 스스로를 대안적 사실 alternative fact이라 우기는 뻔한 거짓말을 통틀어 '마장마술'이라 일컫는다. 정해진 규칙에 따라 "말을 타고 담장을 뛰어넘"으며 사람들의 눈을 사로잡는 '마장마술'처럼 기교와 기술에 길든 말[言]은 사람들의 귀를 현혹시키고 정의와 진실에 대한 판단을 마비시킨다. '마장마술'이 시작되면 "진흙탕 싸움이 벌어지고/늪에 빠진 말은 허우적거"(「마장마술」)리며 앵무새의 말이 거리를 장악하기 시작한다. 무엇이 진실인지를 묻는 애초의 질문은 사라지고 말로써 말을 무너뜨리기 위한 싸움이 계속될 때 우리는 진흙 속에 빠진 말처럼 서서히 질식하면서 할 말을 잃고 말게 될 것이다. 그러나 "돌고 도는"(「돌-얼룩말」) '돌'의 역동성처럼 말 또한 역동성을 지닌 존재임을 믿기에 시인은 낙관을 잃지 않는다.

시인의 낙관적 태도를 생각하면 '얼룩말 연작'이 보여주는 비판과 풍자의 궁극적 목적은 기득권을 무너뜨리는 데 있는 것 같지는 않다. '얼룩말 연작'이 품은 본의는 정의와 불의가 시시때때로 뒤바뀌는 '마장마술' 같은 말을 해체하는 힘이 "훌륭한 난센스"(「토마토를 위한 변명-얼룩말」)에 있다는 역설의 정신을 일깨우는 것이고, 역설의 정신이 도달하려는 종착지는 부정과 모순을 돌파하는 새로운 말의 창조이다. 그러므로 '얼룩말 연작'은 말의 위기와 함께 공동체가 봉착하게 될 난관을 예고하는 한편 우리가 회복해야 할 말이란 어떤 것인가를 묻는다. 시인은 "심장을 향하는 말/촉이 좋은 말/무딘 말/고개 숙인 말/말,/말,/말"(「말들의 거리-얼룩말」) 등 수많은 말 가운데 '나'와 '너' 사이에 이음쇠를 만들며 서로 다른 우리가 함께 살아가는 존재임을 확인하게 하는 말의 가능성을 찾고자 한다.

> 구분은 어떻게 짓는 것인가
> 마디마다 주름진
> 너와 내가 한 뿌리
> 같고도 다른
> 다르고도 같은 것이라고
> 여기서 쉬어 간다고
> 여기서 단단해지려고
> 주먹을 쥐게 하려고

마디마다 저마다

넘기는 책의 페이지 같은 것

대나무를 보다가 손바닥을 펼쳐 보며

마디 마디

대숲 바람이 부르는 노래를 들으며

마디 사이 천길만길

한마디 말을 생각하며

—「소쇄원에서 1」 부분


　화자인 '나'는 대숲에서 들려오는 바람 소리를 들으며 '나'와 '너' 사이에 놓인 "천길만길" 심연을 가로질러 서로에게 닿을 수 있는 말에 대해 생각한다. 심연을 메꿀 수는 없겠지만 서로에게 닿고자 하는 말로써 '나'와 '너'는 사랑을 나누고 서로를 그리워하며 함께 살아가는 존재가 될 수 있지 않을까? 마디의 미학이라 불러도 좋을 이 시의 핵심은 "뿌리"가 아닌 "마디"에 있다. "마디"는 나무의 표면 위에 도드라진 덧게비처럼 보일지라도 서로를 붙드는 안간힘으로 만들어진 관계의 흔적이다. 제각각 존재하는 것들을 연결하고 새로운 존재가 될 수 있는 가능성을 만드는 힘이 바로 "마디"에 있다. 주름처럼 보이는 손가락 "마디"는 손가락을 구부리게 하거나 단단한 주먹을 쥐게 할 수 있고, 대나무의 "마디"는 줄기와 줄기를 단단하게 이어 대나무가 높이 자랄 수 있게 한다. '나'는 대숲에서 헤아려 본다. "한마디 말"로도 시작되는 관계라는 "마디"의 힘을.

　지난 2018년 한국 사회에서 확산된 미투 운동은 시인에게 '마디'의 힘을 확인하게 했던 사건이었다. 미투 운동 최초의 발화점에는 사회적 언어로 받아들여지지 않았던 피해자들의 증언이 있었다. 그들의 증언은 서로를 알지 못하는 타인들로 하여금 고통을 나누고 함께 진실을 요구하겠다는 연대의 실천을 불러일으킨 '한마디 말'이었다.


　　(중략) 쉽게 정의할 수 없는 미투 운동은 2018년 정의
　사회 구현의 선봉에서


　　은유와 상징으로서가 아닌
　　밥을 먹다 말고
　　차를 마시다 말고
　　시를 쓰다 말고
　　은유와 상징을 꼭꼭 씹어 삼킨다


　　(중략)

살자면 먹고 마셔야 되는 진리 앞에
못지않게 중요한
쓴다는 것은

사는 게
부끄럽긴 매한가지일지라도
그렇더라도

　　미투 운동이 확산되면서 새삼 아일랜드 출신 록 그룹
유투U2와 더불어 우분투Ubuntu란 말과 뜻도 함께 연상
돼 With or Without You와 One 그리고 (Pride) In the
Name of Love와 같은 곡을 다시금 찾아 들으며 넬슨 만
델라의 생애에 대해서도 생각하는 날들이다
　　　　　　　　　　　　　　　—「미투 유투 우분투-얼룩말 2018」 부분


　'미투 운동'을 지켜보며 말의 힘을 사유하고 그것을
자신의 시 쓰기에 대한 성찰로 연결시킨 점도 인상적이
지만 '미투 운동'의 의미를 규정하지 않으려는 시인의 태
도에 주목해 보기로 하자. '미투 운동'은 "각계각층으로
들불처럼 번져" 나가고 있는 사회적 현상이었는데도 시
인은 그것을 "쉽게 정의할 수 없"다고 말한다. '미투 운
동'에서 드러난 말의 힘이 측정할 수도, 규정할 수도 없

는 진행형의 사건이라고 인식하기 때문이다. '미투 운동'은 피해자의 증언으로 시작되었지만 록 밴드 U2의 메시지처럼 우리 '모두'가 평등한가라는 근본적 질문[2]을 제기했고, 아직 우리가 도달하지 못한 평등에 이르기 위해서 모든 차별과 싸울 것을 요청했다. 또한 '미투 운동'은 피해자의 고통에 자발적으로 동참함으로써 우리가 타인과 연결된 존재임을 확인하게 한 시민 연대를 등장시켰다. '우리가 있기에 내가 있다'는 우분투ubuntu 정신으로 인종 차별과 맞서 싸운 넬슨 만델라가 새삼 호명된 것도 '미투 운동'이 평등을 요구하며 '우리'가 연결된 존재라는 믿음을 증명한 사건이기 때문이다. 평등을 요청하고 연대를 실천하는 말, 그것을 뭐라고 정의하든 분명한 건 그 출발점에는 자신의 고통을 다시 불러내면서까지 진실을 밝히려는 '한마디 말'이 있었다는 사실이다. 그리고 이때 공동체의 토양에 뿌려진 '한마디 말'은 연대라는 양분을 먹고 싹을 틔우며 조금씩 자라나고 있으리라.

고찬규가 시를 쓰고 있는 순간에도 시를 "쓴다는 것"을 거듭 생각하는 이유는, 말로 인해 공동체가 위기에 빠질지라도 연대의 힘으로 공동체를 회복시키는 것 역시 말이기 때문이다. '미투 운동'을 계기로 한마디 말이 가져온 경이를 경험했던 시인은 말의 공동체라는 존재

---

2  록 밴드 U2는 2019년 내한 공연에서 '모두가 평등할 때까지 누구도 평등하지 않다'는 메시지를 남겼다.

의 근본 조건을 경험했던 것이다.

### 3.

오래전에 "짐짓 자신의 언어인 양 지껄여대는/앵무새의 새빨간 거짓부리에 대해서"는 "단호히 침묵으로 답하"(「맹아萌芽」, 『숲을 떠메고 간 새들의 푸른 어깨』)겠다며 말의 위선을 경계했던 시인은 이번 시집에서도 '앵무새'를 등장시킨다. "앵무새에게/네 말을 하라고" 하니 도리어 "앵무새가/내 말을 하라"고 답하는 아이러니한 상황에서 시인은 "말을 잇지 못했"(「앵무새-얼룩말」)다는 일화를 고백한다. 앵무새 앞에 선 시인은 왜 말을 잇지 못했던 걸까? 왜 답하기를 멈추고 생각에 잠긴 것일까?

다른 이의 말을 흉내 내는 앵무새의 말은 무해하고 무익한 말처럼 보인다. 그러나 스스로 사유하지 않는 텅 빈 말, 사유가 결여된 무책임한 말은 자신이 모르는 새에 자신도 알지 못하는 죄를 낳는다. 무사유는 악을 재생산하는 근원이라는 것을 역사가 수없이 증명하지 않았던가. 이보다 더 본질적인 문제는 앵무새의 말은 이미 창조적 가능성이 박탈된 말이라는 점이다. 자신의 말을 스스로 의심하지 못하는 말은 새로운 것을 요구하거나 꿈꾸지 못하는 박제된 말, 죽은 말에 불과하다. 불능의 말로는 시와 혁명을 노래할 수 없고 지금과 다른 세계에 대해서도 이야기하지 못한다. 그러니 시인이 앵무새 앞에서 생각에 잠긴 건 자신의 말이 무엇을 노래하며 꿈꾸고 있는지 돌아보기 위해서였을 것이다.

고찬규는 진실을 말하기 위해 자신의 말을 스스로 의심해야 하는 시인의 역설적 운명을 기꺼이 받아들이며 거대한 침묵 앞에 선다. 침묵이 들려주는 말에 귀를 기울이는 건 자신의 말을 의심하며 되돌아보기 위해서일 뿐만 아니라 아직까지 말해지지 않았던 말들의 가능성을 찾기 위한 것이기도 하다.

인디언의 말로 어떤 말을 하고 싶은가
인연처럼 이어지는 툰드라의 거대한 서사
감탄사가 가로지르는 것은
원시의 원시 시원의 시원

곰들의 마을 연어들의 고향 다람쥐들의 천국
나는 어디로도 가지 못하던 나를 만나 침묵의 노래를 듣는다
흘러내리며 스스로를 껴안으며
더 단단하게 굳어 가는 촛농 같은 빙하를 보며

백야의 한밤중 한 밤

밤이 오지 않는 밤에

날이 새지 않는 밤새

불을 피우고 춤을 춘다

—「빙벽-알래스카에서」 부분

알래스카 빙벽은 지금은 사라진 "인디언의 말"과 "툰
드라의 거대한 서사"를 품은 말들의 저장고다. 수만 년
동안 이 세계에 존재했던 것들의 자취를 몸에 품은 채
"흘러내리며" "껴안으며" 얼어붙은 빙벽 앞에서 그는 시
간을 뛰어넘는 말들의 가능성을 배운다. 빙벽이 시인에
게 들려준 "침묵의 노래"란 말로 옮길 수 없는 말의 가능
성인 것이다. 그것은 시인이 오래전에 발견했던 "폐허 속
에서 한마디 말도 없이 움트는/지독한 무엇"(「맹아萌芽」,
『숲을 떠메고 간 새들의 푸른 어깨』)과도 다르지 않다.
"폐허"가 말의 질서에 편입되지 않는 침묵의 영역이라
면 바로 그곳에서 새로운 말의 가능성이 존재한다는 것
을 그는 믿어 왔고, 그것을 일컬어 "태초의 침묵"(「말을
위한 변명」, 『핑퐁핑퐁』)이라고도 부른 바 있다. 아직 발
화되지 않았으나 모든 가능성들을 잉태한 뜨거운 침묵
속에 자신이 도달하고자 하는 그리운 것들이 있고, 시
와 혁명의 노래가 있으며 '우리'를 붙들어 줄 단단한 한

마디 말이 있다고 그는 믿어 왔고 그 믿음은 공동체의 삶에 대한 연민과 책임으로 확장해 왔다. 그에게는 아직 불러야 할 노래가 남아 있지만 말로써 말과 싸우기 위해서, 상식과 합법이 된 앵무새의 말을 심판하고 진실을 되찾기 위해서 그는 잠시 말을 멈춘다. 끝나지 않는 노래를 부르기 위해 도래할 언어를 기다린다. 침묵이 들려주는 말 앞에 선 시인은 아직 말을 가져 보지 않은 최초의 인간처럼 순하고 맑은 귀를 세운다.

꽃은 피어서 말하고 잎은 지면서 말한다
2023년 10월 5일 1판 1쇄 펴냄

지은이     고찬규
펴낸이     김성규
편집       김안녕 한도연
디자인     신아영
펴낸곳     걷는사람
주소       서울 마포구 월드컵로16길 51 서교자이빌 304호
전화       02 323 2602
팩스       02 323 2603
등록       2016년 11월 18일 제25100-2016-000083호

ISBN  979-11-93412-02-2  04810
ISBN  979-11-89128-01-2  (세트)